Johannes Adolf Overbeck

Herrn Overbecks Lehrgedichte und Lieder für junge empfindsame Herzen

Johannes Adolf Overbeck

Herrn Overbecks Lehrgedichte und Lieder für junge empfindsame Herzen

ISBN/EAN: 9783743376335

Hergestellt in Europa, USA, Kanada, Australien, Japan

Cover: Foto ©Andreas Hilbeck / pixelio.de

Manufactured and distributed by brebook publishing software
(www.brebook.com)

Johannes Adolf Overbeck

Herrn Overbecks Lehrgedichte und Lieder für junge empfindsame Herzen

Herrn Overbecks
Lehrgedichte und Lieder
für
junge empfindsame Herzen.

gesammelt
von einigen Verehrern des Herrn
Verfassers in der Schweiz.

„ Ich halt' es immerhin mit dir,
„ Schreib du dein Lebelang!
„ Und nimm indessen hin von mir
„ Den wärmsten Herzensdank!

Lindau im Bodensee.
Im Verlag der C. G. B. Fritzschischen
Buchhandlung. 1786.

Vorerinnerung.

Hier, fühlbare Leser! haben Sie eine kleine Sammlung von Gedichten, die ein Mann mit dem edelsten Herzen und von seltener Laune, Herrn Overbeck von Lübek, verfertiget hat. — Sie werden des Herrn Verfassers ungemeine Gabe gewiß bewundern. — Besonders freuet es uns, daß er kein Nachahmer von Herrn Weiße ist, obgleich dieser — wenn je Nachahmung entschuldigt werden kann — nachgeahmt zu werden verdient. Herr Overbeck hat seine eigne Manier, und thut sehr wohl daran, dabey zu bleiben. Der Ton seiner Lieder ist gut, natürtürlich, allgemein verständlich und sehr treuherzig. Wir haben diese Gedichte aus Campens Kinderbibliothek und aus verschiedenen Musenalmanachen gezogen, sonst ist uns nicht bekannt, daß er etwas geschrieben hätte; auch wissen wir, daß dieser Dichter werth ist, aparte, und zwar mit möglichster typographischen Schönheit herausgegeben zu werden, woran es der Herr Verleger nicht wird ermangeln lassen. Wir wünschen diesem Bändchen eine gute Aufnahme, und sind versichert, daß es bey jungen Leuthen den erwünschten Nuzen bringen werde.

Die Herausgeber.

1) Lehren an Kinder.
Fragmente.

I.

Lieben Kinder, hört mich an:
Damit ist's noch nicht gethan,
Daß man gute Thaten übt,
Wenn man Gott dabey nicht liebt.

Wahre Tugend geht auf Gott;
Liebet ihn, thut sein Gebot
Eben weil von Gott es kommt,
Dann auch, weil's uns selber frommt.

Und warum? Wer das bedenkt,
Was uns Gott für Gutes schenkt,

Was er für ein Vater ist,
(Wie ihr das ja alle wißt.)

Der wird durch und durch gerührt,
Liebt ihn innig, und verspürt
In sich selber einen Drang
Nach dem allerreinsten Dank.

Und dann lernt er fromm und still,
Was Gott gerne von ihm will;
Denkt: „Der gute Vater der!
Will er dies nur, und nicht mehr?„

„Das ist ja nur leicht, gewiß!
Und ich fühl' es selbst, daß dies
Mir so gut, so heilsam ist,
Ganz aus meinem Herzen fließt."

„Daß ich meine Eltern soll
Lieben — kann ich anders wohl?
Sind

Sind sie nicht mit Herz und Hand
Mir so milde zugewandt?„

„Daß ich sittsam stets soll seyn —
Ist nicht Sittsamkeit so fein?
Bin ich Kindern selbst nicht gram,
Die so wild sind, ohne Schaam?„

„Daß ich niemand schaden muß —
Macht mir das nicht selbst Verdruß?
Wenn ich andern Leides thu,
Und mein Herz sagt, fi! dazu?„

„O!„ spricht dann das fromme Kind:
Gott weiß wohl was Menschen sind;
Weiß gewiß wohin es zielt,
Wenn er dies und das befiehlt.„

„Ich muß ihm gehorsam seyn!
Bin ich nicht so arm und klein?

Und wie groß und gut ist Gott!
O ich ehre sein Gebot!„

„Sein Gebot ist süß und mild,
Zeiget mir so ganz sein Bild;
O wie heilig muß nicht der
Seyn, der so befiehlt, wie er!

„Er weiß alles: welche Lust
Ist es mir nicht, ganz bewußt
Mir zu seyn, daß Er mich sieht,
Wenn mein Herz das Böse flieht!„

„Allenthalben, wo ich bin,
Ists, als tret' ich vor ihn hin,
Schaut' ihm in sein Angesicht,
Und sein Blik erschrekt mich nicht.„

Wie viel Freud' ist um mich her!
Alles schaft und schenket Er!

Blum'

Blum' und Frucht, und grünes Land
Sind Geschenke seiner Hand!,,

,,War ich nicht schon oft und viel
Bös', und that, was er nicht will?
Dennoch bleibt er immer treu,
Und sein Segen immer neu.,,

Sollt' ich Ihn nicht lieben? Ihn?
Ja ich will mich stets bemühn,
Gut zu seyn, aus Dankbarkeit
Thun, was mir mein Gott gebeut!,,

Seht, ihr lieben Kinder, dies
Ist mir Tugend ganz gewiß;
Die kömmt aus dem rechten Quell,
Und durchströmt das Herz so hell!

Dieses merket euch denn wohl:
Tugend geht auf Gott, ist voll

Seiner Liebe, prägt den Schein
Gottes tief in sich hinein.

II.

Sprecht oft mit dem lieben Gott,
Kinder! klagt ihm eure Noth,
Wenn ihr trauret, wenn euch was
Fehlet, bittet ihn um das.

Denn ihr wißt es ja, er hört
Alles, was der Mensch begehrt,
Und er wünschet nichts so sehr,
Als, daß Jeder glücklich wär.

Er ist selbst voll Seligkeit,
Fern von ihm ist alles Leid;
Das kömmt daher, weil er höchst
Heilig ist, vollkommen höchst! —

Wär er minder gut und rein,
Würd' er nicht so selig seyn;
Laster stört das Glük durchaus,
Bringt nur Kummer, Schaam und Graus.

Also seht ihr, was uns drükt. —
Nur wer gut ist, ist beglükt;
Je vollkommnener ihr seyd,
Desto minder habt ihr Leid.

Und zieht ja ein Uebel her,
Dünkt es euch doch nicht so schwer;
Eure Tugend hebt euch hoch:
Selbst im Tode siegt ihr noch.

Gott der Vater hat uns lieb;
Ist oft unser Auge trüb;
O wie heitert ers so gern,
Treibt den schwarzen Kummer fern!

Nur ein kindlich treues Herz
Will er, das bei jedem Schmerz
Ihm vertraut, und nie vergißt,
Daß er gut und mächtig ist.

Sprecht im Kummer etwa so:
Lieber Gott, du bist so froh!
Ach! ich bin nicht froh, wie du,
Mein Gemüth hat keine Ruh.

Aber liegt es nicht an mir?
O ich komme still zu dir!
War es wirklich meine Schuld,
O so habe doch Geduld!

Zeuch nicht von mir deine Hand,
Gieb mir besseren Verstand,
Laß mich einsehn, daß ein Kind
Fehlsam ist, und schwach und blind!

Doch

Doch das Uebel, so mich beugt,
Tilg' es, oder mach' es leicht!
Wie mirs nüzt, es steht bey dir,
Mache was du willst mit mir!

Du Allwissender weißt mehr,
Was mir nüzt, als irgend wer;
Du hast mich gemacht: ich will
Dir geduldig halten still.

III.

Kinder, in der frohen Zeit
Ist das wilde Herz oft weit
Von dem lieben Gott, und denkt
Nicht, daß er die Freude schenkt.

Aber ist er nur alsdann
Unsrer Ehren werth, wenn man

Hülfe von ihm suchen muß?
Sucht man ihn nur aus Verdruß?

Macht ihrs eurem Vater so?
Wenn er euch ein Leiden wo
Abnahm, euch hernach was gab,
Fielt ihr da straks von ihm ab?

Nein, die Liebe gute Hand
Küßtet ihr, noch mehr entbrannt
Gegen ihn von Lieb' und Pflicht:
Gegen Gott wärt ihr es nicht? —

Aber merkt euch: Eins ist noth,
Uberall den lieben Gott
Zu empfinden und zu sehn,
Wenn wir gleich sein Bild nicht sehn.

Daran liegt es, daß Gebet
Uns so kalt vom Herzen geht,

Weil

Weil uns Gott unsichtbar ist,
Und man ihn darob vergißt! —

Sonsten ist der Mensch kein Stein
Unempfindlich dem zu seyn,
Der ihm täglich Gutes thut:
Dankbarkeit liegt uns im Blut.

Aber Leichtsinn, kurzer Blik,
Dies bringt uns von Gott zurük.
Oeffn' uns allen Herz und Sinn,
Herr, und zeuch uns zu dir hin!

IV.

Jeder trägt mit sich umher
Einen Spiegel, darinn er
Unverholen sieht und ließt,
Wie's mit ihm beschaffen ist.

Jede gute That, die ihr,
Kinder, thut, die glänzet hier;

Euer

Euer Herz erkennet sie:
Dieser Lohn verfehlt euch nie.

Jeder Muthwill, jeder Fehl
Zeigt sich hier nicht minder hell;
Bindet euch die Augen zu,
Dennoch läßt euch das nicht Ruh.

Süß ist des Gewissens Lohn,
Ist des Himmels Vorschmak schon.
Fried' und Freud' in eigner Brust,
O was gleichet dieser Lust!

Bitter, bitter ist die Pein,
Eigner Richter, sich zu seyn!
O ein Richter, der durch List
Ewig unbestechlich ist!

Scheuet des Gewissens Macht,
lieben Kinder, Tag und Nacht!

Gott

Gott ists, der es euch erschuf;
Achtet es als Gottes Ruf.

Näher konnt' uns Gott nicht seyn;
Bey uns selbsten kehrt er ein!
Fragt ihr: wo ist Gottes Wort?
Das Gewissen zeigt den Ort.

Das Gewissen ist der Stab,
Der uns vom Verderben ab
Auf dem Weg zum Glüke führt,
Uns an Gottes statt regiert.

Zwar, wir täuschen uns auch leicht;
Denken: das Gewissen schweigt,
Drum ist jene That nicht schlecht;
Und die That ist doch nicht recht.

Aber dann ist nicht bedacht,
Daß uns Schwachheit fehlsam macht.

Das

Das Gewissen, Kinder! liegt
Im Verstand, und dieser trügt.

Drum, ihr Kinder, ist es schön
Um Erleuchtung Gott zu flehn,
Wie einst Salomo es that,
Und Gott gab ihm, was er bat.

V.

Kinder, seht, ein Gottesschein
Strömet auch zu euch herein!
Die Erleuchtung von dem Herrn,
Kömmt, ein heller Morgenstern.

Nehmt, o nehmt, von Dank ent-
  brannt,
Eure Bibel in die Hand!
Hier ist Gottes Unterricht!
Hier ist Muster, Lehre, Licht!

Größre Gabe hat die Welt
Nicht, (als was dies Buch enthält)
Wie man glüklich leben, — dann
Einst auch glüklich sterben kann.

Sammelt Schätze, häufet Gold,
Werbet Kronen, wenn ihr wollt;
Gold besiegt nicht jede Noth,
Kronen trösten nicht im Tod.

Was nicht über dieses Ziel
Mit hinaus geht, hilft nicht viel;
Seht wir leben kurze Zeit,
Dann noch', mahl, in Ewigkeit.

In die Ewigkeit hinein
Geht nicht Pracht, noch eitler Schein;
Unser Geist und sein Verstand
Findet dort sein Vaterland.

Alles andre bleibt dahier,
Selbst den Leib verlassen wir;
Bis Gott unser einst gedenkt,
Und ihn uns verklärter schenkt.

Also: Sorge für den Geist
Ist uns nöthig allermeist.
Was ist nun des Geistes Heil?
Tugend ist sein bester Theil.

Was ist Tugend? Unsre Pflicht.
Frey vor Gottes Angesicht
Thun zu können, was man thut,
Immer edel, immer gut.

Liebreich gegen jedermann,
Wohlzuthun, so oft man kann;
Den zu trösten, welcher weint,
Wär' es selbsten unser Feind.

Den

Den zu lieben, der uns liebt,
Dem zu geben, der uns giebt,
Wo wir können, oder Dank
Ihm zu weihen Lebenslang.

Dies sind Lehren aus dem Buch,
Kinder, die ich nie genug
Euch und mir, und jedermann
Preisen und empfehlen kann.

2) Das Kinderspiel.

Wir Kinder, wir schmeken
Der Freuden recht viel!
Wir schäkern und neken
(Versteht sich, beym Spiel!)
Wir lermen und singen
Und rennen uns um,
Und hüpfen und springen
Im Grase herum!

Warum nicht? — Zum Murren
Ist Zeit noch genug!
Wer wollte wohl knurren;
Der wär' ja nicht klug.
Wie lustig stehn dorten
Die Saat und das Gras;
Beschreiben mit Worten
Kann keiner wohl das:

Ha, Brüderchen, rennet!
Ha, wälzt euch im Gras!
Noch ists uns vergönnet,
Noch kleidet uns das.
Ach! werden wir älter,
So schikt sich's nicht mehr;
So treten wir kälter
Und steifer einher.

Ei, seht doch, ihr Brüder,
Den Schmetterling da?

Wer wirft ihn uns nieder?
Doch, schonet ihn ja!
Dort flattert noch einer,
Der ist wohl sein Freund?
O schlag' ihn ja keiner,
Weil jener sonst weint!

Wird dort nicht gesungen? —
Wie herrlich das klingt!
Vortreflich, ihr Jungen!
Die Nachtigall singt.
Dort sizt sie! Seht oben
Im Apfelbaum dort;
Wir wollen sie loben,
So fährt sie wohl fort.

Komm, Liebchen, hernieder,
Und laß dich besehn!
Wer lehrt dich die Lieder?
Du machst es recht schön!

O laß dich nicht stören,
Du Vögelchen du!
Wir alle, wir hören
Sehr gerne dir zu.

Wo ist sie geblieben?
Wir sehn sie nicht mehr!
Da flattert sie drüben!
Komm wieder! Komm her!
Vergeblich! Die Freude
Ist diesmal vorbey!
Ihr that wer zu Leide,
Sey, was es auch sey.

Laßt Kränzchen uns winden,
Viel Blumen sind hier!
Wer Veilchen wird finden,
Empfänget dafür
Von Mutter zur Gabe
Ein Mäulchen, wohl zwey:

Juch,

Juchheissa ich habe,
Ich hab' eins, Juchhei!

Ach, geht sie schon unter
Die Sonne, so früh?
Wir sind ja noch munter;
Ach, Sonne, verzieh!
Nun morgen, ihr Brüder!
Schlaft wohl! Gute Nacht!
Ja, morgen wird wieder
Gespielt und gelacht!

3) Die Stekenreuter.

Auf schlanken Steken
Reuten wir her;
Wir kleinen Geken
Können nicht mehr.

Zwar auf der Erde
Reutet sich's knap,

Doch

Doch grosse Pferde
Werfen uns ab.

Indeß zuweilen
Wagt man sich schon,
Trägt ein paar Beulen
Gerne davon.

Da wächst dem Knaben
Mächtig der Sinn;
Schier möcht' er trapen
Meilen dahin.

Allein urplözlich
Bäumt sich das Thier,
Erhebt entsezlich
Helles Gewieh'r:

Dann schreit der Reuter:
O weh, der Rapp'!

Ich mag nicht weiter,
Helft mir herab!

Und auf die lezte
Wird's wieder werth
Das schlecht geschäzte
Hölzerne Pferd.

So bleibt's bey Steken;
Wißt ihr, woher?
Wir kleinen Geken
Können nicht mehr.

4) Gans und Ente.

Die Gans sprach einst zur Ente: Hum!
Wie tragt ihr doch den Hals so dum!
Frau Nachbarin, bey's Königs Bart!
Ist gar kein Schik in eurer Art!

Seht nur, wie fein, wie schlank, wie schön
Ich meinen Hals versteh zu drehn!
Lernt doch ein wenig von Manier,
Ihr könnt's ja haben; nehmt's von mir!—

Ach, |was| ihr doch nicht alles
sprecht!
Sprach Mutter Ente schlecht und recht;
Ihr dünkt euch Wunder was zu seyn.
Doch hört, da fiel mir etwas ein,
Das wünscht ich gleich von euch gethan;
Geht doch, mit Gunst! zu jenem Schwan,
Der, wie ihr das vermuthlich wißt,
Mit seinem Hals kein Tölpel ist;
Geht hin und zeigt ihm euch, und fragt,
Was er zu euren Künsten sagt.
Dreht euren Hals nach Hofmanier
Zur rechten und zur linken schier,
Mit Hokuspokus aller Art,

Mit

Mit Fein und Schlank, und Schön
und Zart;
Und kommt ihr da gekrönt davon,
So nehm' ich bey euch Lekzion.
Versteht ihr mich? — Ha Schnatter-
schnat!
Sprach Fräulein Gans; das Thier ist
fat! —

5) Frizchens Abendgedanken.

Der Tag ist weg; und seht die Augen-
lieder
Sind matt und fallen zu.
Der schöne Tag — doch morgen kömmt
er wieder;
Ich geh indeß zur Ruh.

Gespielet hab' ich heut, gelacht,
gesprungen;

Gewiß, das freut mich sehr!
Doch ist mirs auch im Lernen wohl ge-
lungen;
Und das, das freut mich mehr.

Ich habe meinen Eltern viel Ver-
gnügen
Mit meinem Fleiß gemacht;
O schön! das soll mich süß in Schlum-
mer wiegen,
Und würzen mir die Nacht.

Mir wird von frommen guten
Kindern träumen,
Die nur im Himmel sind,
Und spielen unter schönen Aepfelbäumen:
Komm süsser Traum geschwind!

Nein, komm noch nicht! laß mich
vor allen Dingen
Hin-

Hinauf gen Himmel sehn,
Und meinen Dank dem lieben Gotte
bringen,
Vor dem die Engel stehn.

Du lieber Gott, haſt alles das ge-
geben,
Was mich ſo ſehr erfreut,
Geſundheit, Eltern, Lehrer, und daneben
Die liebe Sommerszeit.

Den ſchönen Garten, Wieſen, Bach
und Lauben,
Mein liebes Blumenbeet,
Mein allerliebſtes kleines Haus voll
Tauben,
Und all' mein Spielgeräth,

Du haſt mir auch den ſchönen Tag
gegeben,
Und

Und Zeit zum Fleiß und Spiel,
Und dies vergnügte süsse, süsse Leben,
Und noch so tausend viel.

O lieber Gott! ich dancke dir, ich
danke!
O sey mir ferner gut!
Du Gütiger! nochmal: ich danke, danke!
Sey mir doch ferner gut!

Gieb, daß ich dich, und meine El‐
tern liebe,
Und gerne folgsam sey,
Und immer mich in allem Guten übe,
Und steh mir immer bey!

Ach, was erfleht man nicht von dir
für Gaben!
O Gott, ich faß es kaum!

Laß

Laß alle Theil an deinem Seegen haben!
Und — komm nun; schöner Traum!

6) Als die Frühlingssonne zum erstenmahl auf mein Zimmer schien.

O liebe Sonne, sey gegrüßt!
Hier hab ich lange dich vermißt;
Nun schenkest du zum erstenmahl
Mir wieder deinen sanften Strahl:

Ich grüsse dich, du schönes Licht;
Mit heiterm frohen Angesicht;
Du giessest reinen frohen Sinn
Auf alles, was da lebet, hin.

Du bist ein Wesen heiß und rein:
So soll auch meine Seele seyn,
Von heisser Menschenlieb' entbrannt:
Von aller Bosheit abgewandt.

Du

Du bist mit Klarheit angethan,
Und wandelst immer rechte Bahn:
Wohl mir, wenn ich, wie du, im Licht
Der Wahrheit geh; dann strauchl' ich
nicht!

Du legst dich nimmer auszuruhn,
Kömmst immer wieder wohlzuthun;
Du achtest weder Stand noch Glük,
Auf Bös' und Gute strahlt dein Blik.

Heil dir, o Licht voll Lieb' und Macht,
Du Bild von dem, der dich gemacht!
Ich bin sein Ebenbild, wie du,
Wenn ich, gleich dir, nur Gutes thu.

O würd' ich von dir allezeit
Befunden waker und bereit!
Dann dürft' ich deinen hellen Strahl
Willkommen heissen allemahl.

Dann

Dann dürft' ich nie zur Erde sehn,
Und weg aus deinem Lichte gehn:
Denn unwerth deiner früh und spat
Ist, wer kein gut Gewissen hat.

7) Frizchens Gebet.

Der du mit Wohlgefallen
Die guten Kinder siehst,
Und auch ihr armes Lallen,
Ihr Stammeln nicht vergißt:
Vernimm mich kleinen Knaben!
Ich möchte gern von dir
Ein recht gut Herz noch haben;
Gieb, lieber Gott! es mir!

Ich hab's noch nicht; gewißlich!
Ich mache ja so oft
Pappa, Mamma verdrüßlich,
Und weine noch so oft.

Izt möcht' ich auch wohl weinen;
Doch nicht aus Ungebühr!
Aus Kummer möcht' ich weinen:
Gott! — o vergieb es mir!

Ich habe da zwey Täubchen;
Die seh' ich öfters an;
Das Männchen und das Weibchen
Sind mir so zugethan.
Sie thun mir nichts zuwider;
Sind immer still und fromm;
Und flattern gleich hernieder,
So bald ich sage: Komm! —

Das hab' ich vor der Thüre
Oft recht beschämt gesehn.
Es sind nur arme Thiere
Und machen's doch so schön:
Ich bin wohl sechsmal grösser,

Und

Und weiß, was Unrecht ist,
Und mach' es doch nicht besser! —
O wie man sich vergißt!.

Ach nein! ich bin noch lange
Nicht so, wie ich seyn will!
Befrey' mich von dem Hange
Zum bösen Eigenwill!
Gehorsam laß mich werden,
Wie mir's die Täubchen sind.
Gott, mache mich auf Erden
Zum fallerbesten Kind.

8) Luise und ihre Mutter, an des Vaters Geburtstage.

Luise.

Mutter, in die Arme dir
Laß mich heute froher eilen!

Deine Freude mit dir theilen!
Halb gehöret sie auch mir.

Mutter.

Halb gehöret sie auch dir.
Komm, ich will mit Mutterküssen,
Dich an meinen Busen schliessen;
Freuen sollst du dich mit mir.

Luise.

Mutter, Mutter, welch ein Tag!

Beyde.

Unsers besten Freundes Tag!

Mutter.

Heut' begann sein schönes Leben.

Beyde.

Heute ward er uns gegeben.
       Mut-

Mutter.

Mir der beste Gatte heut.

Luise.

Mir der beste Vater heut.

Mutter.

Engel führten ihn auf Erden,
Ihr Genosse hier zu werden.

Luise.

Weise, wie ein Himmlischer,
Weis' und gut und treu ist er.

Mutter.

Solch ein Gatte, welch ein Seegen!
O wie freu' ich seiner mich.

Luise.

Solch ein Vater, welch ein Seegen!
O wie glüklich preis' ich mich!

Bey-

Beyde.

Der du ihn uns gabst, empfange
Unsern heissen Dank! und lange,
Lange sey er unser Glük;
Nimm ihn, Herrscher, spät zurük!

9) Frizchens Morgengedanken.

Sey Gott gedankt! der liebe Tag
Ist wieder da, und ich
Bin auch schon da, bin frisch und wach;
Der Schlaf zerstreuet sich.

Geh hin, du Schlaf! gleich dir
  zerfließt
Der Nebel auf der Flur,
Sobald die Sonne kommen ist;
Vertilgt ist seine Spur.

Bey Nacht erquiket er das Land,
Und thut ihm sanft und wohl,
Und tränkt den armen dürren Sand,
Und macht ihn Säfte voll.

Doch wenn die Sonne wiederkehrt,
Dann muß er weichen, er!
Die Sonn' ist zehnmahl so viel werth,
Und segnet zehnmal mehr.

So bist du, Schlaf: weil's dunkel ist,
Hat jedermann dich gern,
Weil du so gut, und heilsam bist:
Und kömmst von Gott dem Herrn.

Doch, wenn du nun gesegnet hast,
Dann must du wieder ziehn.
Auf immer wärst du eine Last;
Wer schliefe immerhin?

Der liebe Tag, der liebe Tag,
Ist unaussprechlich schön!
Auf Erden ist da alles wach,
Und man kann um sich sehn!

Kann Gutes nehmen, Gutes thun,
Und frölich seyn so sehr!
Wie Gott im Himmel Gutes thun,
Und frölich seyn, wie Er!

Da scheint die Sonne denn darein,
Recht wie ein Vaterwink,
Daß sich die Kinder droh erfreu'n,
Und 's schaft noch mahl so flink!

Wie wimelts dann auf Erden rund!
Wie wirkt so manche Hand!
Wie öfnet sich so mancher Mund,
Vom lieben Gott gekannt! —

Ich

Ich schau, ich schau in deine Welt,
O Gott! und werde stumm.
O! wem es nicht in ihr gefällt,
Der ist doch wahrlich dumm!

Ich kleiner Knabe danke dir,
Und bin zufrieden, ich!
Und wär' ichs nicht, hinweg mit mir!
Ich gieng' und schämte mich.

Ich gieng' und sähe keinen Baum
In seiner Pracht mehr an;
Ich scheute mich vor jedem Baum,
Als einem wilden Mann.

Sein Wehen wär' mir fürchterlich,
Als hadert' er mit mir,
Als spräch' er: „Ha, ich kenne dich!
„Entferne dich von hier!„

Ob's möglich ist, daß Leute sind,
Die (sey es Gott geklagt!)
Gott meistern können! — (ach wie blind! —)
Hab' ich schon oft gedacht.

Ein trübes Wölkchen, trüber Tag,
Gewitter, Regenguß,
Und wie ich's weiter nennen mag —
Das macht euch schon Verdruß? —

Nein, lieber Gott! ich meistre nicht;
Ich nehm' es wie du's giebst;
Seh auf dein gnädig Angesicht,
Und weiß, daß du mich liebst.

Und weiß, daß du in Ewigkeit
Für mich gesorget hast. —
Dies sey mein Morgenopfer heut;
Und damit Herz gefaßt!

10. Lied

10) Lied junger Hirten.

Unschuld, Tochter der Natur,
Theures Kleinod beßrer Herzen!
Gieb uns Kindern dieser Flur,
Daß wir dich doch nie verscherzen.
Unsre Sicherheit und Ruh,
Unsrer Hütten stille Freuden,
So die Grossen uns beneiden,
Alles, Unschuld, schenkest du.

Wenn der junge Morgen lacht,
Wekst du uns zu leichten Pflichten;
Giebst auf unsre Herzen acht,
Daß wir sie getreu verrichten.
Zieht der Abend dann aufs Feld,
Lehnen wir die Hirtenstäbe
An die thaubeträufte Rebe
Und vergessen aller Welt.

Redlichkeit und Treue gehn
Aus und ein zu unsern Thüren.
Gerne lassen wir's geschehn,
Daß sie Freunde zu uns führen:
Besser schmekt das kleine Mahl
Unter grünen Lindensäulen,
Wenn es Freunde mit uns theilen;
Lieder hallen dann ins Thal.

Unser kleines Leben gleicht
Jenem Bach', der uns zu Füssen
Ruhig durch die Wiesen schleicht;
Ruhig sehen wir's verfliessen:
Ohne Sorgen, ohne Harm,
Ohne selbstgemachte Plage
Zählen wir die Wonnetage
In der Freyheit Mutterarm.

Die du uns so glüklich machst,
Die du uns und auch daneben

Unsre Lämmerchen bewachst,
Die der Himmel uns gegeben:
Unschuld, Tochter der Natur,
Weiche nie aus unserm Herzen!
Daß wir dich doch nie verscherzen,
Gieb uns Kindern dieser Flur!

11) An einen Kanarienvogel.

Du bist zu beneiden,
Muntres kleines Thier!
Alle deine Freuden
Schöpfest du aus dir.
In der engen Klause
Ist dir herzlich wohl,
Findest du zum Schmause
Nur dein Näpfchen voll.

Dann bist du geschieden
Von der ganzen Welt,

Gönnst ihr Krieg und Frieden,
Wie es ihr gefällt;
Hüpfest hin und wieder,
Neidest keinen Thor,
Singest deine Lieder
Nur dir selber vor.

Lob und Tadel störet
Deine Ruhe nie;
Ob's gleich niemand höret,
Sing'st du gerne früh.
Und wenn alle Weisen
Weit und breit umher
Vor dir stehn und preisen,
Giebst du doch nichts mehr.

Was du hast, ist wenig;
Dennoch giebst du's nicht
Selbst dem größten König
Um ein hold Gesicht.

Da auf deinem Steken
Kennst du keinen Spaß;
Will dich jemand neken,
Kneipest du ihn baß.

Lieber Vogel höre:
Vogel auch zu seyn,
Solch ein Vorschlag wäre
Mir nun wohl zu klein.
Gar zu kurzes Leben
Schenkt der Himmel euch;
Seyd uns auch daneben
Nicht im Köpfchen gleich.

Doch in meinem Gleise
Wie der Mann im Faß, *)
Eurer freien Weise
Nachzuahmen, das

Ist

---

*) Der Weise, Diogenes.

Ist ja auszuführen;
Lieber Vogel, das
Mögt' ich auch studiren,
Wie der Mann im Faß.

12) An ein kleines Land-
mädchen.

Kleiner Engel, Schooßkind der Natur,
Kränze dich mit Blumen deiner Flur!
Lächl' umher mit deinen Taubenblikken,
Lächl' in aller Menschen Herz Entzüken!
Hüpfe, süsses Mädchen, hüpfe hin
So in deinem unbefangnen Sinn!

Unschuld goß auf dich ihr ganzes
Bild,
Schuf dein kleines Herz so weich und mild,
Wiegte dich im stillen Hain der Liebe,
Nährte sorgsam deine zarten Triebe;
Und

Und so nahm dich deine Mutter hin,
Aus dem Arm der hohen Pflegerinn.

Mädchen, Mädchen, freu dich dei-
nerFlur;
Freude wohnt bey frommer Unschuld nur!
Aeugle nie, gleich andern Bäuerinnen,
Nach den übertünchten Städterinnen;
Manche weinten, wenn sie Hütten sahn,
Thränen, welche Gott kaum stillen kann.

13) Winterlied.

Jauchze, wen der Frühling wekt!
Aber gebt dem Winter
Auch sein Lobchen; denn es stekt
Wahrlich was dahinter.

Lange Tage sind wohl gut,
Doch die kurzen geben

Rasche Beine, warmes Blut,
Schmausekraft daneben.

Brüder, wenn die Schüssel blinkt,
Wenn die Tafel stuzet,
Wenn da wakrer Braten winkt,
Wie wird da gepuzet!

Wie wird da das Herz so weit,
Und so weit der Magen!
Und wie läuft die liebe Zeit?
Es ist nicht zu sagen! —

Seht, im Sommer hängt das Kinn
Müd' und matt herunter.
Winterluft macht Herz und Sinn
Herzlich wach und munter.

Hinterm Ofen sizt und heft
Schelmerey die Streiche;

Pößchen dahlt und Muthwill nekt,
Kurzweil strengt die Bäuche.

Schaut das schöne weisse Land,
Wie's im Silber stralet!
Und den sonniglichen Rand
Hell mit Gold bemalet!

Stampft die schneebedekte Bahn:
Klingt sie nicht wie Schellen?
Was kann May, der Sommermann,
Dem entgegen stellen?

Blumen sind, bey Ja und Nein!
Allerliebste Sachen,
Und der Sommer pflegt sich fein
Breit damit zu machen.

Doch weiß auch der Januar
Blumen aufzutreiben:

D   Künst=

Künstlich wachsen sie sogar
An den Fensterscheiben.

Drum den Winter auch geliebt,
Wie ihn Gott gegeben!
Was der liebe Gott uns giebt,
Dient zum frohen Leben.

Wer vergnügt ist, der lebt wohl;
Alle Jahreszeiten
Können uns ein Herzchen voll
Frölichkeit bereiten.

14) Freude über Gott.

Freu dich sehr, geliebte Jugend!
So du gehst den Weg der Tugend,
Fehlt es dir an Freuden hie,
Wahren, edlen Freuden, nie.

Das

Das ist unsers Gottes Wille,
Froh zu seyn! Er ist die Fülle
Unsrer Fröhlichkeit; er giebt
Fröhlichkeit dem, der ihn liebt.

Das ist Fröhlichkeit, ihn kennen,
Ihn den Herrn, den Vater nennen,
Auf ihn warten, auf ihn sehn,
Und auf seinen Wegen gehn.

Einst, sie war noch nicht die Erde;
Gottes Hauch rief ihr das Werde!
Und sie ward: wir wurden auch
Unter unsers Gottes Hauch.

Und wir fanden Trank und Speise,
Fanden, so nach unsrer Weise
Zu genesen, zu gedeyhn,
Und des Lebens uns zu freun.

Und wir fanden uns umgeben
Mit unendlich vielem Leben;
Thiere, groß und klein gedieh'n,
Fanden Speis' und Trank durch ihn.

Aber wir allein, wir kannten
Ihn, den Vater! ach, und nannten
Vater ihn! Er rief uns zu:
Mensch, mein Ebenbild bist du!

Herrsche, wirke, denke, wisse,
Und empfinde, und geniesse!
Dieses geb' ich nicht dem Thier,
Diesen Vorzug geb' ich dir!

Brauch' ihn ja zu meiner Ehre!
Sieh'! dein Glük ist meine Ehre;
Und dein Glük ist: gut zu seyn,
Deines Gottes dich zu freun. —

Welche Freude! dies empfinden!
Dies anbetungsvoll ergründen,
Daß uns je und je geliebt,
Gott, der uns das Wesen giebt!

Daß in ihm, in ihm die Fülle
Unsrer Freuden ist; sein Wille,
Daß der ist, uns froh zu sehn,
Tugendhaft uns froh zu sehn!

Welch Entzüken, daß wir leben,
Neben Gott und in ihm leben!
Und unendlich sind, wie er,
Ach, unendlich! — Wonnemeer! —

Die ihr Gottes Namen nennet,
Jauchzet, preiset, dankt, entbrennet!
Freuden Gottes, ewig's Heil,
Sind der guten Menschen Theil.

Lieben Kinder, liebe Jugend!
O verliert doch nie die Tugend!
Wo ihr sie, ach sie verliert,
Seyd ihr aller Freud' entführt.

15) Die Weisheit.

Einstens, als noch Knab' und Mann
Gern die Weisheit lieb gewann,
Gern an ihrer Seite saß:
Welche Zeiten waren das!

Diese Zeiten sind dahin;
Thorheit trübt der Leutlein Sinn,
Vielen ist der Bauch ihr Gott,
Stille Tugend wird zu Spott.

Und von ihrem Thron gebannt,
Zieht die Weisheit durch das Land;

Zieht

Zieht umher mit langem Fuß,
Beut nur schüchtern ihren Gruß.

Seelig, wer den Gruß versteht,
Nicht die Schüchterne verschmäht!
Sey er Jüngling oder Mann,
Bleibt sie treu ihm zugethan.

Höre, Jüngling, insgemein
Kehrt sie gern beym Jüngling ein;
Lächelt ihm ins Angesicht —
O mein Bruder, fleuch sie nicht!

Und sie geht mit ihm aufs Feld,
Zeigt ihm Gottes schöne Welt,
Zeigt ihm Hain und Wasserfall;
Garten Gottes überall.

Und der Jüngling schaut umher,
Trinket aus dem Wonnemeer;

Und die hohe Führerinn,
Lenkt sein Herz zum Schöpfer hin.

Und nun kehrt sie mit ihm heim,
Pflegt in ihm der Tugend Keim,
Trokuet ihm den edlen Schweiß,
Lohnt mit Seegen seinen Fleiß.

Und ihr königlich Gebot:
Mitleid für der Brüder Noth!
Prägt sie tief in seine Brust,
Wirkt in ihm zum Wohlthun Lust.

Wenn er sie dann brünstig liebt,
Unbegränzt sich ihr ergiebt,
Mehren seine Jahre sich,
Doch sein Herz bleibt jugendlich.

Und des schönsten Lohnes werth
Wird ihm dann das Weib bescheert,

Das

Das er wählte; seine Wahl
Krönen Freuden ohne Zahl.

16) Frizchens guter Vorsatz.

Nun will ich doch, das lob' ich an,
In meinem ganzen Leben,
Wenn Gust mir was zu Leid gethan,
Ihm brüderlich vergeben.
Jüngst schlug er mich beym Kräuselspiel;
Ich gieng, ihn zu verklagen,
That sehr bedrükt, und weinte viel,
Und sah ihn wieder schlagen.

Die Rache wäre jemals süß?
Ich hab' es nicht gefunden!
Ich sah ihn schlagen: und gewiß,
Mir brannt's wie heisse Wunden.
Ich thu's nicht wieder! Armer Gust!
Er dauert mich noch immer!

Wie weint' er! Hätt' ich das gewußt,
Verklagt hätt' ich ihn nimmer.

Und künftig, wenn er wieder schlägt,
(Er hat nicht oft geschlagen.)
So bitt' ich, daß er sich verträgt,
Und denk' an kein Verklagen.
So leben wir in Einigkeit,
Und sind uns gut von Herzen;
Verspielen unsre Tändelzeit,
Und sparen uns viel Schmerzen.

17) Junker Hans.

Der Junker Hans war flink und rasch,
Und kühn in allen Dingen;
Mit unter auch ein wenig basch,
Und nicht recht gut zu zwingen.
Er lernte seine Lektion,
Und damit, meint' er, wär' er schon

Der weitern Zucht entflogen,
Und that sehr ungezogen.

Die guten Eltern warnten ihn,
Und sagten wohl mit Grämen:
„Hans, lässest dich nicht besser ziehn,
„Wirds kein gut Ende nehmen."—
Hans hörte kaum mit halbem Ohr,
Nahm seine sechs Vokabeln vor;
Drauf eine kurze Pause;
Und nun hinaus zum Hause.

Und vor dem Hause lief vorbey
Ein lediglofer Schimmel.
Das war dem Junker Hans so neu,
Ihm deucht', er käm' in Himmel.
„Ein lediglofer Gaul? Was kan
„Willkommener mir seyn? Wohlan,
„Ich will aus freyen Stüken
„Probiren seinen Rüken!„—

Ge=

Gesagt war allezeit gethan.
Er pakt den Gaul beym Schopfe,
Der Schimmel stuzt ihn seitwärts an,
Und schüttelt mit dem Kopfe.
Doch schütteln hin, und schütteln her!
Mein Hans hinauf, und fort jagt er;
Die Aeltern, ach! von weiten
Sehn ihren Junker reuten.

„Um Gotteswillen! hinter ihm!„
Die Mutter ruft's mit Schreken.
Der Vater rennt mit Ungestüm,
Den Knaben zu entdeken.
Doch ringsumher kein Gaul zu sehn,
Die Aeltern wollen fast vergehn;
Sie schiken, wen sie haben,
Zu forschen nach dem Knaben.

Deß stieg dem Junker nichts zu
Sinn,

Das

Das Herz sprang hoch für Freuden;
Und mir nichts, dir nichts, ritt' er hin
Wohl über Busch und Weiden.
Und schup! giengs rasch an einen Stein:
Der Schimmel stürzt', und brach ein
             Bein;
Mein Hans von seinem Size
Versank in eine Pfüze.

Der Schimmel seufzt, der Junker
             schreyt,
Als wollt' ihn wer ermorden.
Kein menschlich Antliz weit und breit!
Es war schon Nacht geworden.
Die Finsterniß wuchs immer mehr,
Von ferne bellten Hunde her;
Es winselte der Schimmel,
Der Junker schrie gen Himmel.

Sein Schreyn drang endlich allge-
         mach
                                    Zu

Zu eines Weibleins Ohren
Vom nächsten Dorf, das alt und schwach
Vom Wege sich verloren.
„Ach, lieber Gott!„ sprach sie bey sich,
Und wankte matt und kümmerlich
Herbey an ihrer Krüke,
Dem Junker Hans zum Glüke.

Und als sie fand das kranke Roß,
Und fand den bangen Knaben,
Da ward ihr schnell das Herz so groß,
Des Wohlthuns Lust zu haben.
„Komm,„ sprach sie, „armes Kind,
                    mit mir;
„Ich will auch sorgen für dein Thier,
„Und binden seine Wunden,
„Wenn wir nach Haus gefunden.„—

„O Frau, das Thier gehört mir
              nicht!
                              „Ach

„Ach hätt' ich's nie gesehen!
„Errettet nur mich armen Wicht,
„Und laßt den Schimmel gehen!„ —
„Ihn gehen lassen, böses Kind?„
Sprach's Weiblein zornig und geschwind,
„Und siehst, daß er die Knochen
„Ob deinem Stolz gebrochen?„

Da kroch alsbald der kleine Tropf
Behend aus seiner Pfüze.
Sie dekt' ihm den beklomnen Kopf
Mit ihrer warmen Müze,
Und nahm den Knaben bey der Hand,
Gieng irrend über manches Land;
Bis an dem Laut von Hunden
Sie sich zurecht gefunden.

Da legt' sie ihn gar mildiglich
In ihr schneeweisses Bette,
Und fodert einen Mann zu sich,

Daß

Daß er den Schimmel rette. —
Und puf puf! klopfets an der Thür.
„Holla! wer ist so spät noch hier?„ —
„Bergt ihr den kleinen Knaben,
Den wir gesuchet haben?„ —

„Den kleinen Knaben berg' ich wohl,
„Er liegt im süssen Schlummer.
„Sey euer Herz des Trostes voll,
„Und lasset allen Kummer!
„Den kleinen Knaben geb' ich euch,
„Wenn er euch kennen wird, sogleich.„ —
Sie kannten sich; Entzüken
Sprach laut aus allen Bliken.

„O Mutter! daß euch Gott be-
lohn'!„ —
„Fahr hin mein Kind mit Freuden!„ —
„Die Eltern danken euch den Sohn!„ —
„Gott wendet ihre Leiden!„ —
„Lebt

„Lebt wohl! lebt wohl!,, Sie zogen hin;
Und milder ward des Knabens Sinn;
Er dacht' an seinen Schimmel
Und seufzte still gen Himmel.

Und als er nun nach Hause kam,
War alles noch im Jammer.
Den Weg er augenbliklich nahm
Zu seiner Eltern Kammer,
Und stürzt' sich ihnen in den Arm;
Da wird das Herz den Eltern warm,
Es fliessen Freudenzähren
Dem lieben Gott zu Ehren.

Die Eltern brachten Geld und Dank
Der guten alten Mutter.
Der Schimmel kriegte Lebens lang
Bequemlichkeit und Futter.
Der Junker Hans ward fromm und gut
Und beugte seinen raschen Muth;

Und

Und sah' in allen Dingen
Es sich nach Wunsch gelingen.

18) Frizchen an ein Paar Tauben.

Liebe, Täubchen, meine Freude,
Kommt und freßt aus meiner Hand!
O ich thu euch nichts zu Leide,
Wir sind gar zu gut bekannt.
Fresset, Täubchen, ohne Sorgen!
Schnäbelt mich zum guten Morgen,
Und fliegt dann vergnügt davon!

Hin auf warmbesonnte Höhen,
Wo ihr rings das ofne Feld
Weit und breit könnt übersehen,
Eure freye eigne Welt.
Ueberall seyd ihr zu Hause,
Liebe Täubchen, überall

Findet ihr gedekt zum Schmause,
Ohne Koch, ein schmekend Mahl.

Mir wird's nicht so gut gegeben;
Ich muß hier in meinem Fach
Mit dem lieben Schneken leben,
Fein geduldig unterm Dach.
Immerfort auf platter Erde,
Immer langsam, Schritt vor Schritt;
Alte Leute haben Pferde,
Mir erlaubt man keinen Ritt!

Flügel, Flügel, liebe Tauben!
O was sind die Flügel schön!
Seht, ich möchte sie euch rauben,
Könnt' es nur im Scherz geschehn.
Aber wahrlich, sie zu leihen
So bisweilen, o das wär!
Fliegen wollt' ich, ach im Freyen!
Ueberschweben Land und Meer.

Ja, du Pärchen! dies Vergnügen
Theil' ich doch wohl nie mit dir!
Mögt' ihr doch alleine fliegen!
Aber eines wünsch' ich mir:
Solchen Sinn, und solche Güte,
Ohne Groll und ohne Zank,
Solch ein fromm und treu Gemüthe,
Gebt mir das vor meinen Dank!

19) Fritzchens Dankgebet nach Tische.

Daß ich nun wieder frölich bin,
Gesättigt und genährt,
Das dank' ich dir in meinem Sinn,
Gott, der du mir's beschert!

Ich will auf deinen Seegen baun,
So oft es mir gebricht,
Und deiner Gütigkeit vertraun,
Denn du versäumst mich nicht.

Ich will doch aber redlich seyn
In allem was ich thu';
Du giebst dem Redlichen allein,
Die andern hassest du.

Sey immer noch mein Herr, mein Gott,
Mein Vater und mein Schutz;
So bieth' ich sicher jeder Noth
Und jedem Uebel Trutz.

20) Fritzchen nach der Arbeit.

Nun, wohl bekomm' es mir!
Ich bin auch endlich müde;
Doch süsser, süsser Friede
Liegt auf der Seele hier.

Ich hab' mein Werk gethan.
Nun ruhet aus, ihr Glieder!

Auf morgen ruf' ich wieder;
Dann geht's von neuem an.

Wie wohl ist mir zu Sinn!
Die Blumen alle winken,
Und wunderfreundlich blinken
Die Sternchen nach mir hin.

Der Abend ist so schön;
Mit ruhigem Gewissen
Kann ich ihn nun beschliessen;
Und froh zu Bette gehn.

Wie würd' es anders seyn,
Hätt' ich heut' nichts gelesen,
Und wäre faul gewesen;
Mich würde nichts erfreun.

Beschämt würd' ich den Kopf
Auf beyden Armen stüzen,

Und

Und in der Stube sizen
Erbärmlich, wie ein Tropf.

Dann fragte mich Papa:
„Wie ist's? Was kann dir fehlen?
Weist du nichts zu erzählen?„
Kein Wörtchen wüßt' ich da.

Dann käme Fiekchen her,
Und suchte mich mit Nekken
Vom bösen Traum zu wekken;
Doch Fiekchen hin und her!

Verdrüßlich würd' ich dann,
Mich ärgerten die Wände,
Und, und — ich fieng' am Ende
Wohl gar zu weinen an. —

O wie ist's doch so gut
Um Arbeit und Geschäfte!

Wie stärkt. es Muth und Kräfte,
Wenn man was Nüzlichs thut.

Dank sey dem lieben Gott!
Er stärkte mich auch heute,
Daß ich den Fleiß nicht scheute,
Und ehrte sein Gebot.

Nun auch zum süssen Lohn
Getrost zu Tisch gesessen!
Wer schaffet, darf auch essen.
Mich dünkt ich schmek' es schon.

21) Frizchen an den Tod.

Wenn ich nun alt erst bin und groß,
Und habe viel gethan,
Dann bringe mich in Gottes Schooß,
Du schwarzer Knochenmann!

Noch laß mich leben, denn ich bin
Noch lange nicht geschikt,
Und habe manches noch im Sinn;
Wenn mir's nur alles glükt.

Ich möchte wohl, im Ernst gesagt,
Vor allen andern hier
Der beste seyn! Ich hab' gedacht,
Der Wunsch geziemte mir.

Das ist kein tüchtiger Soldat,
Fiel mir aus Büchern ein,
Der nie darauf gesonnen hat,
'Mahl General zu seyn.

Wohlan denn, Frizchen! dacht' ich da,
Was rechtes oder nichts!
Und guten Beystand hast du ja;
Der liebe Gott verspricht's.

Je mehr wir thun, je lieber ist
Es unserm guten Gott;
Und wenn du nun ein Mann erst bist,
Dann hat's nicht weiter Noth.

Sieh, lieber Tod, das ist mein
    Ziel;
Drum gehe nur vorbey!
Es fehlt mir noch so viel, so viel;
Die Sach' ist noch zu neu.

Und ich bin klein und arm und
    schwach;
O wär' ich doch erst groß!
Und gut! — Dann bring mich allgemach,
Du Tod, in Gottes Schooß!

22) Erndtelied.

Kein Klang von allem, was da klingt,
Geht über Sichelklang,

Wenn sie der braune Schnitter schwingt
Zum fröhlichen Gesang.

Das Aehrenfeld in goldner Pracht
Rauscht Halm an Halm gewiegt;
O wie sein muntres Auge lacht!
Wie ist er so vergnügt!

Schon denkt er sich die Scheuern
voll,
Und noch ein gut Theil mehr;
Und wie der Thaler klingen soll,
Denkt er sich nebenher.

Kein Paradies, kein Herzogthum
Erfreut ihn, wie sein Feld;
Der braune Schnitter gäbe drum
Die ganze weite Welt.

Er singt, es zirpt in seinem Ton
Die Grill' ihr schmetternd Lied;

Und

Und nieder sinkt die Garbe schon
Von seines Stahles Schnitt.

Gemezelt liegt die ganze Schaar
Der Halme lang und schwer,
Die diken Schwaten Paar bey Paar,
In Wellen rings umher.

Da steht der Schnitter mitten drinn,
Und jauchzet laut ins Thal.
Nun hüpft die schlanke Bäuerinn
Daher, und ruft zum Mahl.

Die Schüssel dampft, die Kanne
blinkt,
Das Mahl schmekt königlich;
Und seht, der braune Schnitter winkt,
Das Mädchen schürzet sich.

Und wieder hin aufs hohe Feld,
Die Garben aufgefaßt,

Gebunden, und empor gestellt;
Und nimmer keine Rast!

Und hup! kömmt im vollen Lauf
Der Wagen angerollt,
Er nimmt die reiche Ladung auf,
Und glänzt von ihr wie Gold.

Und hup! geht's im raschen Trab,
Getümmel hinterdrein,
Den stoppelvollen Berg hinab,
Zum Scheurenthor hinein.

Kein Fest, kein Freudenspiel, kein Tanz
Kömmt diesem Feste bey;
Es fühlet auch kein Städter ganz,
Was Erndtefreude sey.

Des Akermannes sauren Schweiß
Belohnet dieses Fest.

Er

Er nimmt und ißt zu dessen Preis,
Der Korn ihm wachsen läßt.

23) Frizchen an Lotte, da ihre Mutter krank war.

Bleib in der stillen Kammer;
Ich mag dich jezt nicht sehn!
Ich müßte bey dem Jammer,
Der dich bedrükt, vergehn.
An deiner Mutter Bette,
Mit bleichem Angesicht —
Wenn ich zehn Augen hätte,
Ich sähe dieses nicht!

Dies Ringen und dies Leiden,
Dich in der Mutter Arm,
In Angst von ihr zu scheiden,
Im stummen öden Harm!
Der theuren Kranken Stöhnen!
Ihr heisses Auge naß!

Und

Und deine tausend Thränen! —
Gott! wie vermögt' ich das?

In meiner Stub' alleine,
Gestüzt auf meinem Pult,
Da siz' ich hier und weine,
Und bete dir Geduld.
Und bet' um deren Leben,
Die, mir zur Freude, dir
Das deine hat gegeben:
Hilf, unser Vater, ihr!

O daß die trüben Tage
Mit Flügeln dir entflöhn!
Daß nach gestillter Klage
Wir bald uns wiedersähn!
Dann beyde Blumen streuten
In deiner Mutter Schoos;
Uns ihres Lebens freuten!
Die Freude wäre groß.

Indessen wächst ein Bäumchen
Mit duftigem Jasmin
In meinem liebsten Räumchen;
Für Lotte sezt' ich ihn.
In dieses Bäumchens Kühle
Da feyern wir hernach
Mit ausgesuchtem Spiele
Froh den Genesungstag.

24) Der Pflug.

Mit Pferden zieht das Feld hinauf
Der Bauer seinen Pflug;
Doch nicht genug:
Er drükt, er drükt die Hand darauf.

So siz' ich auch an meinem Tisch
Mit aufgeschlagnem Buch;
Doch nicht genug:
Ich siz', ich siz' und lerne frisch.

25) Das Gewitter.

Wer donnert? — O getrost, getrost!
Es donnert unser Gott!
Sey immerhin, du Sturm, erbost!
Wir fürchten keine Noth.

Wir wissens ja, wir fühlens auch,
Was Er verhängt wird gut.
Sein Arm ist Macht, Fried' ist sein Hauch,
Der so viel Wunder thut;

Der wachsen läßt, und läßt ge-
deyhn,
Und macht das Land so reich!
Zu dem die jungen Raben schreyn,
Und er erhört sie gleich.

Er thut die hellen Wolken auf,
Dann regnets mild herab;

Die Erde schauert, bebet auf,
Und trinkt den Saft hinab.

Und muthig steigt empor im Thal
Die junge frische Saat,
Sein Donner rollt mit starkem Schall,
Und preiset seine That.

Nicht ferne kann er von mir seyn,
Der Bliz verkündigt ihn;
Auf Wolken fährt der schnelle Schein,
Die Nacht sinkt unterhin.

Gebt mir ein Tuch, daß ich mich hüll'
Und schweige vor dem Herrn!
Er kömmt; die Lüfte werden still;
Wo Gott ist, bin ich gern.

Ich leg' an meine Stirn die Hand,
Denn dunkel wird es mir.

Ich falle nieder in den Sand;
Der Herr, der Herr ist hier!

Trompeten reden nicht so laut,
Wie diese Stille spricht,
Wenn sich der Herr ein Denkmal baut,
Das keine Zeit zerbricht.

Gewitter gehen vor ihm her,
Und nach ihm Himmelbläu',
Er wirft den Sturm hinab ins Meer,
Und bricht den Blitz entzwey.

Er haucht die Sonne wieder an,
Sie leuchtet wie zuvor,
Und fähret fort auf ihrer Bahn,
Bis an das Abendthor.

Er thut uns allenthalben wohl,
Obgleich wir Sünder sind.
Sey, Erde seines Ruhmes voll,
Und preis' ihn, Menschenkind!

26)

26) Freundschaftslied.

Nichts auf Erden kömmt dir gleich,
Süsser Freundschaft Himmelreich!
Keine Wonne ruft, wie du,
Hohen Muth dem Menschen zu.

Herrlich bist du, O Natur!
Herrlich durch des Schöpfers Spur!
Aber deine größte Pracht
Ist der Blik, der Freundschaft lacht.

Hoher Werth ists, Mensch zu seyn;
Doch kein Mensch bestünd allein.
Freundschaft deinen ersten Bund
Schloß des Schöpfers eigner Mund.

Töne, töne, wie Gesang,
Goldnes Wort beym Becherklang,
Freundschaft! — wie ein Festgeschrey
In der Flur, und Tanz dabey!

Freu=

Freude nährt des Menschen Brust:
Freundschaft weckt die junge Lust!
Wer kann launen, wenn der Freund
Wie die liebe Sonne scheint?

Arbeit brennt die Stirne feucht;
Freundschaft macht die Bürde leicht.
Mit dem Freunde Hand in Hand
Zög' ich in ein wüstes Land.

Selbst bey Wasser und bey Brod
Bin ich frey von jeder Noth,
Wenn ein Freund es mit mir theilt,
Mit mir hin zur Quelle eilt.

Kummer beißt wie scharfer Frost;
Aber milden süssen Most
Hat die Freundschaft: trink' ich ihn,
Schmilzt der bittre Kummer hin.

Nach der Mühe läßt sich's fein
Sorgen frey im Schatten seyn;
Lieg' ich meinem Freund' im Arm,
Macht kein Wettersturm mir Harm

Leben heißt, mit Freunden sich
Freun des Lebens brüderlich.
Freundschaft ist durch Gottes Kraft,
Unsers Lebens Wissenschaft.

Ueberall ist weit und breit
Gottes Seegen ausgestreut,
Auch an Freunden fehlt es nie;
Wer nur suchet, findet sie.

Wie zwo Blumen gleicher Art
Stehen Freunde hingepaart;
Aufgenährt in einer Luft
Strömt ihr süsser Morgenduft.

Wenn

Wenn mein Herz Vergnügen schlägt,
Und im Freund Vergnügen regt,
O wie keimet jede Lust
Doppelt auf in meiner Brust!

Doch die frische Blume bebt;
Denn bald ist der Tag verlebt,
Und das Band der Freuden bricht! —
Sey getrost, und zittre nicht!

Durch des Lebens Thal hinab
Sucht mein Freund mit mir das Grab;
Und des Todes Schreken flieht,
Wenn mein Freund mich sterben sieht.

Droben wird, bey ja und nein!
Freundschaft auch die Losung seyn!
Wenn das Band der Freuden bricht,
Junge Blume, zittre nicht!

27)

27) Ein Lied vom Reiffen.

Sirach Cap. 43. v. 31. Er schüttet den Reiffen an die Erde wie Salz. (*)

Seht meine lieben Bäume an,
Wie sie so herrlich stehn,
Auf allen Zweigen angethan
Mit Reiffen wunderschön!

Von unten an bis oben 'naus
Auf allen Zweigelein
Hängts weiß und zierlich, zart und kraus,
Und kann nicht schöner seyn;

Und alle Bäume rund umher
Al' alle weit und breit
Stehn da geschmükt mit gleicher Ehr',
In gleicher Herrlichkeit.

Und

(*) Anmerkung. Dieses Lied ist vom Herrn Claudius. Das nachstehende aber von dem Verfasser. Daher wir nicht umhin können, es unter Herrn Oberbecks Sammlung aufzunehmen.

Und sie beäugeln und besehn
Kann jeder Bauersmann,
Kann hin und her darunter gehn,
Und freuen sich daran.

Auch holt er Weib und Kinderlein
Vom kleinen Feuerheerd,
Und marsch mit in den Wald hinein!
Und das ist wohl was werth.

Einfältiger Natur-Genuß
Ohn' Alfanz drum und dran
Ist lieblich, wie ein Liebeskuß
Von einem frommen Mann.

Ihr Städter habt viel schönes Ding,
Viel Schönes überall,
Kredit und Geld und golden Ring,
Und Bank- und Börsensaal;

Doch Erle, Eiche, Weid' und Ficht'
Im Reiffen nah und fern —
So gut wird's euch nun einmal nicht,
Ihr lieben reichen Herr'n!

Das hat Natur, nach ihrer Art
Gar eignen Gang zu gehn,
Uns Bauersleuten aufgespart,
Die anders nichts verstehn.

Viel schön, viel schön ist unser Wald
Dort Nebel überall,
Hier eine weise Baumgestalt
Im vollen Sonnenstrahl.

Lichthell, still, edel, rein und frey,
Und über alles fein! —
O aller Menschen Seele sey
So lichthell und so rein!

Wir

Wir sehn das an, und denken noch
Einfältiglich dabey:
Woher der Reif, und wie er doch
Zu Stande kommen sey?

Denn gestern Abend, Zweiglein rein,
Kein Reiffen in der That! —
Muß einer doch gewesen seyn,
Der ihn gestreuet hat.

Ein Engel Gottes geht bey Nacht,
Streut heimlich hier und dort;
Und wenn der Bauersmann erwacht,
Ist er schon wieder fort.

Du Engel, der so gütig ist,
Wir sagen Dank und Preis.
O mach' uns doch zum heil'gen Christ
Die Bäume wieder weis!

28)

28) Fritzchen, an den Verfasser des vorstehenden Liedes vom Reiffen.

Ich las dein Lied vom Reiffen jüngst,
Und dachte so dabey:
Wie du nun da im Walde giengst,
Einfältig, fromm und frey;

Und wie du an den Bäumen nur
Dich inniglich erfreust,
Und in die köstliche Natur
Verliebt geworden seyst.

Das dacht' ich, ist doch recht mein
Mann!
Ist Mann und ist auch Kind!
Ist klug, und doch nicht abgethan,
Wie wohl so viele sind.

Ich hab' auch wohl noch mehr gesehn,
Was du gedichtet hast,

Und

Und höre, es ist alles schön!
Du glaubst nicht, wie sich's paßt!

Ich ward beym Lesen oft recht still,
Und dann mit eins so froh!
Dein Spruch zieht einen, wie er will;
Ich lieb es eben so.

Was hat man von der hohen Lehr',
Wenn man sie nicht versteht,
Und bey dem Grübeln immer mehr
Hinein ins Dunkle geht?

Ich fasse wohl so manches an,
Und denk: es ist ein Buch;
Hin also, Fritzchen! sez' dich dran,
Und forsche drinn', und such'!

Allein es ist denn doch kein Buch,
Was auch der Tittel spricht;

Hat

Hat zwar der vielen Worte gnug,
Doch des Verstandes nicht.

Ich halt' es immerhin mit dir!
Schreib du dein Lebenlang!
Und nimm inzwischen denn von mir
Recht warmen Herzensdank.

Ich will auch bald 'mahl zu dir
       gehn,
Wann? weiß ich nicht genau;
Und deine lieben Kinder sehn,
Und dich und deine Frau;

Und springen mit in deinen Wald,
Und merken Gott den Herrn,
Und schauen seine Lichtgestalt
Auf Erden nah' und fern.

Und hängen mich an deine Brust,
Und sagen: Lehre mich!

Ich habe wohl zur Tugend Lust;
Doch klein und schwach bin ich.

Und du hast schon so viel voraus,
Du lieber Bauersmann!
Gott seegne dich und auch dein Haus! —
Und nimm dies Blätlein an!

29) Frizchen am neuen Jahre.

Ha! guten Morgen, Frizchen! — heut
Ist guten Morgen viel!
Ein neues Morgenroth der Zeit,
Ein neuer Lauf zum Ziel!

Wie ist mir doch? — Da steh' ich
hier,
Und schaue um mich her;
Und allenthalben deucht' es mir,
Als ob es anders wär';

Als

Als trät' ich in ein neues Land,
Und wäre selber neu,
Und wäre etwas unbekannt
Und doch vergnügt dabey.

So, denk ich, wird mir's künftig
seyn,
Wenn nun der liebe Gott
Erst Neujahr macht, und holt uns ein
Am lezten Morgenroth.

Dann guten Morgen, Ewigkeit!
Und keine Nacht nicht mehr;
Und fröhlich Neujahr weit und breit,
Zu unsers Gottes Ehr'!

Doch Dank für so weit', lieber
Herr!
Wir haben's hier auch gut;

Und

Und wird uns immer merklicher,
Daß Seegen auf uns ruht.

Dazu ist alles vor dir gleich,
So Blume, so der Strauch.
Die Erd' ist auch ein Himmelreich,
Denn du regierst sie auch.

Und wer sich hier nicht freuen kann,
Daß du sein Vater bist,
Der wahrlich! freut sich nicht daran,
Wenn er im Himmel ist.

Für uns ist jede Stunde wohl
Des frohen Jubels werth,
Denn unser Theil ist überwol
Von Freuden uns beschert.

Daß ich nur bin — was dank ich
da
Für

Für Seeligkeiten ein!
Ich armes Fritzchen könnte ja
Nur nichts geblieben seyn? —

O dies allein, dies stürzt mich hin
Im Dank, im lauten Dank!
Ihr lieben Engel, hört's! ich bin!
Hört meinen Lobgesang!

Die Blume blüht; das zeigt auf
                mehr;
Vergebens blüht sie nicht.
Sie giebt den süssen Duft umher,
Weil sie auch Frucht verspricht.

Um Frucht zu werden blühet sie:
Ihr Engel, so bin ich;
Ein kleines Blümchen blüh' ich hie,
Ihr erndet einstens mich.

Ihr

Ihr Engel, war't ihr gleich so hoch?
Ich weiß es nicht. Ich will
Mich niedrig halten immer noch,
Und blühn und duften still.

Die Erd' ist wohl ein gutes Beet;
Wir Blümlein dürsten nicht.
Der Gärtner, welcher uns gesä't,
Hat Regen, wenn er spricht.

Er hat auch Wärme, daß die Frucht
Zur Reife wohl gedeyh';
Und daß, wenn er nun kömmt und sucht,
Es nicht vergebens sey.

Das soll es nicht! — Denn seht,
    da naht
Sie her mit neuer Kraft,
Die liebe Sonne, die der Saat
Gedeyhn die Fülle schaft!

30) Der arme Mann.

Nimm's, armer Mann! und danke
nicht;
Du durftest es wohl nehmen.
Dein schlechtes Kleid, dein bleich Gesicht
Die sprachen — zum beschämen!

Gewiß, ich wurde roth, wie Glut,
Als ich mit halbem Blike
Auf mich sah', auf mein frisches Blut,
Und dann, auf deine Krüke! —

Du hast so wenig, armer Mann,
Und was dir ward, ist Leiden! —
O sieh' mich noch ein Bischen an,
Ich kann von dir nicht scheiden.

Dein Auge hat wohl viel geweint,
Und viel gewacht, du Lieber!

Und deine Stirne, wie es scheint,
Wird alle Tage trüber.

Der Loken sind ja wenig mehr,
Und werden fallen müssen!
Ach, armer Mann! du zitterst sehr
An Händen und an Füssen!

Der kalte Winter nahet sich
Mit Schnee und vielem Schreken:
Da ist kein Pelz, kein Bett' für dich,
Dich armen Mann zu deken.

Da ist für dich kein warmer Heerd,
Die krumme Hand zu laben! —
Und bist vielleicht innwendig werth
Ein goldnes Haus zu haben!

O Gott! wie wird mir im Gesicht?
Wie wird mir, daß ich bebe? —

Nimm's, armer Mann! und zürne nicht,
Daß ich so wenig gebe!

31) Feldlust.

Hinaus ins Feld! und Lauf und Sprung
Getrieben sonder Scheu!
Es giebt der stillern Tage gnung,
Da sizt man auf dem Ey.

Doch so wie heute sizt man nicht,
Man rennt, so weit man kann,
Mit freudehellem Angesicht,
Feldein und Berghinan.

Und dünket sich ein Kerl, ein Held,
Der sich zu tummeln weiß,
Der, wenn er aus dem Gleise fällt,
Sich wieder schwingt ins Gleis.

Gott-

Gottlob, daß ich ein Junge bin,
Mit Hosen angethan;
Der seinen frohen freyen Sinn
Lebendig machen kann!

Willkommen Feld und Busch und
Thal!
Willkommen, schöner Baum!
Ihr kleinen Sänger allzumahl
In jenes Wipfels Raum!

Gebt Acht, ich klettre zu euch hin,
Und mach' ein Lied mit euch;
Denn, weil ich nun ein Junge bin,
Seht ihr, so geht das gleich.

Kommt Schwester Lotte dann daher,
Und suchet Schatten hier,
Und sieht nach Blumen sich umher —
Mit einmahl piep ich ihr.

O Wunder! Was ist das für Klang?
Sie sucht, und weiß nicht wie?
Dann fall ich plözlich mit Gesang
Darein, und schreke sie.

Doch gleich ist alles wieder gut,
„Will er herunter, er?" —
Dann schik' ich erst ihr meinen Hut,
Und mich selbst hinterher.

32) Die Krankheit.

Ich lag im Bette kümmerlich,
Innwendig gar nicht munter,
Und von der bleichen Wange schlich
Ein Thränenquell herunter.

Der Schlaf blieb aus, und immer
aus,
Ich konnt' ihn nicht erflehen,

Und

Und bald kam ein Geschwür heraus,
Nur widrig anzusehen.

Und brannt', und stach, und preßte mir
Ein Aechzen aus der Seele,
Da seufzt ich: o mein Gott, sieh' hier!
Sieh' hier, wie ich mich quäle.

Das hörte wohl der liebe Gott;
Er muß ja alles hören!
Doch ließ er täglich meine Noth
Noch immer sich vermehren.

Da fraß der Durst den holen Gaum,
Die Zunge wollte starren.
Ich trank und trank, und konnte kaum
Des nächsten Trunkes harren.

Und immer brannte das Geschwür
Mit tausendfachem Stechen.

Ich schrie; es war, als wollte mir
Das Herz im Leibe brechen!

Ich schrie, und weinte bitterlich:
Erleichtre doch mich Armen!
Der Schmerz ist gar zu groß für mich!
Ach, lieber Gott! Erbarmen!

Das hörte wohl der liebe Gott;
Er muß ja alles hören.
Doch ließ er stündlich meine Noth
Noch immer sich vermehren.

Ein heisses Fieber wühlte mir
Hindurch in allen Adern.
Da ward ich wild, und wolite schier
Mit jedem Menschen hadern.

Es schlugen alle, die mich sahn,
Die Hände hoch zusammen,

Und

Und fürchteten sich mir zu nahn;
Mein Auge stand in Flammen.

Ich wußte von mir selber nicht,
Mein Sinn war ganz bethöret;
Und jeder Zug mir im Gesicht
Verschoben und verkehret.

Da sank mein Vater hin aufs Knie,
Und Mutter lag daneben —
Und beteten, als wollten sie
Am Kammerboden kleben.

Und plözlich fuhr es in mich her,
Wie eine Kraft von oben.
Ich bebt' — und wüthete nicht mehr,
Und fieng an Gott zu loben.

Und freudig war das ganze Haus,
Doch ich war stumm vor Freuden!
Nur

Nur eine Thräne drang heraus,
Ganz anders, wie im Leiden.

Es tobte nun der Puls nicht mehr,
Das Fieber war verschwunden.
Auch gieng hinweg der böse Schwär';
Ich schlummerte fünf Stunden.

Und als ich da erwacht' — o Glük!
O namenlose Wonne!
Durchs Fenster gab mir einen Blik
Die milde frühe Sonne.

Ich warf die Hände nach ihr hin,
Und lächelte hinüber.
Entzüken war mein ganzer Sinn;
Entsprungen wär' ich lieber.

Und Mutter kam, die Hände voll
Von Primeln und Narzissen.

Das war zu viel! — ich mußte wohl
Sie und die Blumen küssen.

Und allgemächlich floß die Kraft
Herein in meine Glieder.
Gelobt sey Gott! er hilft, und schaft
Gedeyhn dem Kranken wieder.

33) Der Schmaus.

Ist das die ganze Sache?
So laßt mich nur zu Haus!
Ich weiß nicht, was ich mache
Mit dieser Art von Schmaus.
Ists für die lange Weile?
Ists für den Zeitvertreib?
Ihr zieht mich da am Seile
Und macht mir kranken Leib.

Ich mag's kaum wieder denken,
Wie närrisch ich da stand,

Wie Männerchen auf Schränken,
Gedrechselt und gewandt;
Gepudert und frisiret,
Gesteft in Weiß und Roth,
Mit Kräuselchen gezieret —
Und bange bis zum Tod.

Und nun befragt mich wieder,
Was ich da recht gethan?
Geschlichen auf und nieder
Die lange blanke Bahn!
Gehört und nichts verstanden!
Gesprochen? Kaum ein Wort!
Den Magen fast zu Schanden
Gepreßt in einem fort!

Und überall verlegen,
Bey so viel Puz und Pracht,
Bey Fächern und bey Degen;
Und dann wohl ausgelacht.

Gezupft an allen Ecken
Zu allem Dienst gebraucht,
Bey Pelz- und Ueberröken,
Daß mir der Kopf geraucht.

Und wie mir das bekommen?
O schlecht, erbärmlich schlecht!
Der Magen ist beklommen,
Der Sinn ist gar nicht recht.
Wer kann doch alle Tage
Zu solchen Schmäusen gehn?
Das nenn ich eine Plage;
Mir ist's nicht auszustehn.

Nein, Brüder, wenn wir spielen,
So ist das Herz uns leicht;
Wir sind vergnügt und fühlen
Nicht, wie die Zeit verstreicht.
Da auf den großen Schmäusen,

Da

Da gähnet man sich an;
O glüklich ist zu preisen
Wer davon bleiben kann!

34) Das Würmchen
im Winter.

Du kleines Würmchen wie so blos
Hängst du an deinem kalten Moos!
Wie starr und aller Säfte leer,
Ist rings der Boden um dich her!

Der Himmel hat kein Tröpfchen
Thau,
Zu laben deine Mutterau;
Herunter schnaupt der wilde Sturm,
Und krümmt dich armen kleinen Wurm.

Mit Keilen bricht der Frost herein
Und knikt die zarten Zweigelein

Der

Der Hütte, wo du friedlich ruhst,
Und keinem was zu Leide thust.

$\mathfrak{D}$u reg'st empor das kleine Haupt,
Indem man dir dein Alles raubt,
Und bittest um dein Leben nur
Die immer schweigende Natur.

Und eh noch blinkt das Morgenroth,
So bist du armes Würmchen todt.
Der liebe Gott, der kein's vergißt,
Weiß nur, wo du geblieben bist.

Stirb, armes Würmchen; nun
     hernach
Krümt dich kein herber Wintertag;
Kein starker Sturm von Schloßen schwer
Zerknikt dir deine Hütte mehr.

Stirb Würmchen! der dich werden
     ließ,

Kann sicher auch noch mehr, als dies;
Bleibst wenigstens in seiner Welt,
Die Raum auch für dich Würmchen hält.

Wir alle gehen einst, wie du,
Ein jeder hin zu seiner Ruh;
Der liebe Gott, der kein's vergißt,
Weiß nur, wo jeder blieben ist.

Wir gehen aber dennoch hin,
Und achtens immer für Gewinn.
Der einmal uns ein Räumchen gab,
Nimmt sicher nicht im Geben ab.

35) An eine Weintraube.

Sie pressen dich und stossen dich zu
     Schanden,
Und machen Wein daraus,
Und hegen ihn in Kerfern und in Banden,
Und tragen ihn nach Haus.

Und

Und trinken ihn vom Abend bis zum
Morgen,
Und treibens arg dabey,
Und singen: „ er, der Wein, zersprengt
die Sorgen,
Schier, wie ein Glas, entzwey. „

Und haben Kopfweh dann des an=
dern Tages,
Und halten Grillenfang,
Und sind nur von des lieben Trinkge=
lages
Erinnerung schon krank.

Daß du dich nicht, wenn ich den
Saft dir raube,
Zum Wein in mir verkehrst!
Und nicht zu Glut, du wunderliche Traube,
In meinem Magen gährst!

H 2 Ich

Ich habe meinen Kopf noch viel zu
nöthig,
Die Zeiten brauchen viel!
Und Sorgen sind bisher noch nicht vor-
räthig,
Als höchstens für mein Spiel.

Wenn du was willst, so werde zur
Rosine,
Der ich viel holder bin,
So süß und mild für Schwester Wilhel-
mine,
Die kleine Näscherin!

36) Das Gewitter.
(Ein anderes.)

Ich vor dem Donner fürchten mich,
Und vor des Blitzes Pracht?
Da müßt' ich schlecht erkennen dich,
Der Blitz und Donner macht.

Der

Der du vom Himmel Feuer schikst,
Du sendest auch den Thau,
Und Korn und Blume; du erquikst
Den Hügel und die Au.

Der du die Wolken zittern machst,
Du giebst auch Sonnenschein
Und milde Frühlingsluft; du machst,
Daß Saat und Frucht gedeyhn.

Es hatten böse Düuste sich
Gezogen um uns her;
Die Luft war dik und schwefelich,
Der Athem gieng nur schwer.

Da sahen wir den Himmel an,
Und Gott verstand den Blik;
Mit einmahl war es auch gethan,
Er schlug den Dampf zurük.

Ein paarmahl flammt's; da war's
vorbey,
Gereinigt war die Luft,
Der Athem gieng nun wieder frey,
Das Land gab frischen Duft.

Nur unsrer Eiche nah am See
Fiel das Gewitter schwer.
Doch that's ihr darum gar nicht weh;
Auch giebt's der Eichen mehr.

Kann Gott es leiden, kann ich's
auch,
Denk' ich; und damit gut!
Zudem, es war ein schöner Rauch,
Und schöne helle Glut.

37) An meine Seele.

Wo bist du, daß ich dich erkenne,
Und zu dir sage: Du bist Ich!

Du,

Du, die ich alle Tage nenne,
Und doch verlegen bin um dich.
Bist du ein Hauch, wie Lüfte wehen?
Bist du ein Schein, wie lichter Strahl?
Ich möchte dich doch gerne sehen;
Kannst du's, so zeige dich einmahl.

Es ist doch wunderlich zu wissen,
Daß was Lebendig's in uns ist,
Und doch die Freude nicht geniessen,
Es zu erkennen, wie es ist!
Es ist die Kraft von meinem Leben,
Es soll mein Allerbestes seyn;
Und doch muß ich so lange leben,
Und sehe dieses Ding nicht ein.

Jüngst war mein Täubchen so be-
     klommen,
Da kuft' ich mir die Augen blind;
Ich dacht': es wird die Seele kommen,

Allein,

Allein, es starb — ich armes Kind!
Es starb, und von der kleinen Seele
Hab' ich auch keine Spur gekriegt.
Ich merkte wohl die ofne Kehle,
Die stille Brust, doch mehr auch nicht.

Es sind gewiß recht grosse Sachen,
Das fühl' ich, denk ich nur daran.
Im tiefsten Schlaf doch noch zu wachen,
Im Tode gar! und Himmel an
Hinauf zum lieben Gott zu fliegen,
Und dann zu sagen: ich war tod,
Und lebe doch! — Das kann genügen,
Das stärket, wenn die Grube droht.

Gewiß ist's, wenn ich an dich denke,
So ist mir Gott auch niemals weit;
Ich sorge, daß ich ihn nicht kränke,
Und schike mich zur Sittsamkeit.
Darum kann ich dich nicht versäumen,
Darum

Darum forsch' ich so gern nach dir.
Doch all' mein Forschen bleibt nur Träumen,
Und unbegreiflich bist du mir.

Ich habe manchmahl sagen hören,
Es sey ein Schutzgeist mir gesandt,
Der mich im Bösen müsse stören,
Im Guten sey er mir zur Hand.
Ich glaub' ich glaub', ich hab's errathen;
Du, Seele, bist der gute Geist,
Der mich in allen meinen Thaten,
Acht' ich darauf, zurechte weist.

Sey immer mir gegrüßt, o Seele!
Gegrüßt in deiner Dunkelheit!
Gieb mir bey jedem meiner Fehle,
Die Warnung noch zu rechter Zeit!
Ich will mich deiner stets erfreu'n;

Was du auch seyst, du bist von Gott!
Durch dich erhalt' ich mein Gedeyhen,
Durch dich besieg' ich einst den Tod.

38) Bey einer Rose.

Sie blättert hin! Der Wind verdirbt
Die schöne Rose! Gott! —
Wie Eines nach dem Andern stirbt!
Das ist doch auch ein Tod!

O weh! wie schießt es mir aufs
               Herz!
Mein Brüderchen liegt krank,
Gefährlich, Tag und Nacht im Schmerz,
Nun schon den Sommer lang!

Du schikest doch den Tod nicht her,
O Gott, mein Vater? — Sieh,
Ich bitte, bitte gar zu sehr!
So bang' war mir noch nie!
                        Nimm

Nimm mich nur lieber, Tod! geschwind,
Und laß doch Gustchen gehn!
Ich könnte ja das arme Kind
Unmöglich sterben sehn.

39) Die Sinne.

Wie wunderbar bin ich gemacht!
Mit welcher Kunst, mit welcher Pracht!
Je mehr ich mich betrachte, wird
Mein Herz zu frommen Dank gerührt.

Da tret' ich vor den Spiegel hin,
Und seh' mich selber, wie ich bin.
Und horch! mein kleiner Vogel singt;
Ich höre, daß es lieblich klingt.

Ich geh' im Garten — ha, die Luft
Ist warm und voll vom süssen Duft,

Und meine Nase riechet gern
Die Wohlgerüche nah' und fern.

Da winkt die Kirsche von dem Baum,
Und machet lüstern meinen Gaum;
Ich spring' hinan und breche sie,
Und so was Mildes schmekt' ich nie.

Das ist doch künstlich ganz gewiß!
Und wozu hab' ich alles dies?
Um froh zu fühlen, daß ich bin;
Denn glüklich macht mich jeder Sinn.

Der blinde Mann, der gestern kam,
Und traurig seinen Schilling nahm,
Der arme, stille, blinde Mann
Zeigt mir das Glük der Sinne an.

Er kann nichts sehen; Dunkelheit
Verschließt die Welt ihm weit und breit;
Die Sonne geht für ihn nicht auf,
Vollendet nicht für ihn den Lauf.

Ob Mittag oder Nacht es sey,
Das ist ihm alles einerley.
Er hört die Lerche singen früh,
Und fraget: warum singet sie?

Das weiß er nicht, daß sie entzükt,
Der Dämmerung entgegen blikt,
Daß sie den jungen Tag begrüßt;
Der ihr so hoch willkommen ist.

O blinder Mann, du weißt es nicht,
Wie mir das Herz vor Wehmuth bricht!
Ich fühle meiner Sinne Glük,
Und danke Gott mit nässem Blik.

40)

40) Die eitlen Wünsche;
an den lieben Gott.

Wenn oft das Herz mir stürmisch ist,
Dann laß' mich zu dir beten!
Ich weiß, daß du mein Vater bist,
Und hörst, die vor dich treten.
Mein Unverstand begehrt oft viel,
Das mir nicht nüzt zu haben:
Dann lenke selbst mich von dem Ziel,
Und gieb mir beßre Gaben.

Dein Auge, das nie fehlt, noch
     ruht,
Sieht alles, was wir machen;
Wenn unser Eins oft Schritte thut,
Must du nur drüber lachen:
Der läuft wohl hin, und läuft wohl her,
Und denkt sein Stük zu fangen;
      Doch,

Doch, wenn er greifen will, sieht er
Den Apfel höher hangen.

Da ist denn alles mit ihm aus,
Er sizt, als wie geschlagen.
Die Welt ist ihm ein wüstes Haus,
Und will ihm nicht behagen.
Und doch, ist er nicht wunderlich?
Er sollte ja nur denken:
Ich sorge selbst nicht gut für mich,
Gott will es besser lenken.

Vor wenig Tagen war ich auch
Recht herzlich unzufrieden;
Ich weinte sehr nach altem Brauch,
Und wäre gern verschieden.
Ich hielt' kein Glük für grösser nicht,
Als meinen lieben Willen.
Da dachtest du: der arme Wicht!
Er sieht durch falsche Brillen. —

Und

Und schlugest mir mein Glas ent-
      zwey;
Da wollt' ich mit dir zanken,
Und muß doch wahrlich bey und bey
Dir nach gerade danken!
Zwar hängt's noch immer hie und da,
Und will nicht eben gleiten:
Doch, lieber Vater, giebst du ja
Wohl einstens beßre Zeiten!

41) Hochgesang.

Preis ihm, der alle Dinge
Mit unerforschter Kraft erhält!
Schweb' auf, mein Lied, und bringe
Das Opfer, das dem Herrn gefällt!
Es rauscht von tausend Zungen
Sein majestätisch Lob empor;
Von Engelanbetungen,
Bis zu der Waldgesänge Chor.

Entzü-

Entzüken! es erhebet
Ihn auch des Menschen heilig Lied.
Die Harfe Sions bebet,
Der Andacht helle Wange glüht!
Es steigt auf Cherubschwingen
Der adlerkühne Psalm zum Thron.
Des Grabs Genossen singen
Der Welten Herrn, und seinen Sohn,

Als, noch ein todtes Wesen,
Der Mensch vor seinem Bildner lag,
Noch nicht zur Kraft genesen,
Die seinen innern Adel sprach;
Als, ihren Herrn empfangend,
Die neue Erd' in Feuer stand,
Und, auf der Wolke hangend,
Im Schau'n der Seraph groß sich fand.

Da floß ein webend Feuer
Von Gott in den geformten Thon;

J   Da

Da schlug sein Herz; und freyer
Hub seine Stirne sich; und schon
Begann das erste Beben
Des Danks, des Psalmes ersten Laut,
Der Blik hinab ins Leben,
Der in Entzükungen nur schaut.

Und wenn einst deine Hülle,
Du Korn der Schnitterernde bricht,
Dann reifet in der Fülle
Der Geist, und steigt von Licht zu Licht.
In Engelfreuden trunken,
Gesättigt mit Unsterblichkeit,
Ist er in Gott versunken,
Und ringt mit der Unendlichkeit.

Das thut der Herr! — Wir schwei‑
gen;
Wir legen unsre Harfen hin! —
Hallelujah! wir neigen
Uns ihm, der liebte von Beginn!

Als Gott die Welten dachte,
Da dacht' er der Geschöpfe Wohl;
Als Gott den Menschen machte,
Gab er den Wonnekelch ihm voll.

Heil uns! wir sind erkoren
Zu Pflegern in dem Heiligthum!
Komm, werde bald geboren,
Tag der Vollendung, unser Ruhm,
Der uns zu Priestern weyhet! —
Die Flamme des Altars am Thron
Ist ewig ausgestreuet! —
Preis unserm Gott, und seinem Sohn!

42) Elster und Nachtigall.

Die Elster, die seit frühem Morgen
Mit unerschöpfter Plauderey,
Geschwäzt ihr leeres Einerley,
Sah neben sich, dem heissen Stral ver-
            borgen,

Ganz eingesenkt in ihre süssen Sorgen,
Die Nachtigall im Maygebüsche ruhn.
„Du schweigst? Hast denn du Faule nichts
  zu thun?„
Rief sie mit unverschämten Hohn hinüber.
„Mein Amt, „versezt die Sapho der Na=
  tur,
„Sind kleine zärtliche Gesänge nur.
„Wo die nicht gelten, schweig ich lieber.„

43) An meinen Vater.

Bist du schon der Welt voll Wechsel
  müde,
Theurer, grauer Vater? winkt dir schon
Jenes bessern Ufers goldner Friede,
Und am Engelziele jener Lohn?

Lächelst du mit dem verklärten Blike,
Der schon Sprache höhrer Wesen spricht,
Nun noch einmal nur auf uns zurüke;
Schweigst, und wendest dann dein Ange=
  sicht?

O noch nicht, noch nicht! Denn
  sieh, es blühen
Nach den Winterstürmen immer doch
Einige der Blümchen, und bemühen
Freundlich sich um deinen Beyfall noch.

Und die Erde deiner Väter spendet
Immer noch ein Tröpfchen aus dem Quell
Des Allsetigen, und immer blendet
Der Erkenntniß lichter Stral gleich hell.

Sind sie schon erschöpft, die steilen
  Tiefen,
Wo, noch nicht vom Forscher ausgespäht,
All die Wunder unsers Gottes schliefen,
Platina, Elekter und Magnet?

Ist der Wesen Kette schon gebunden?
Schon des Lebens Stoff im trägen Stein,
Schon des Feuers heisser Born gefunden?
Drangen wir schon in den Aether ein?

Auch die Weisheit, wenn sie mit den Schäzen
Der Erfahrung wuchert, wenn sie hoch
Schöpfet aus den ewigen Gesezen,
Sättigt sie mit neuer Kost uns noch.

Wahrheit trinken, ist 'in diesem Thale,
Ist in jener Höh' des Daseyns Glük.
Trinke, Vater, noch aus unsrer Schale;
Noch ist viel von edlem Durst zurük.

Doch zu Ihm, den du vor allen liebest,
Sehnst du dich mit Ungeduld empor. —
Ach! sind wirs nicht, die du nach ihm liebest?
Leucht' uns noch mit deiner Tugend vor!

44) An die Leyer.

Du geliebte Leyer,

Ge-

Gespielin meiner Lust,
Ich athme wieder freyer
Aus dieser regen Brust.
Der Frühling kehret wieder,
Mit ihm der Waldgesang;
Mit ihm auch meine Lieder;
Und Blumen sind mein Dank.

Um diesen Preis zu ringen,
Wie ist mir das so süß!
Die Blumen zu ersingen,
Mein buntes Paradies!
So singt verhüllt in Zweigen,
Die Nachtigall ihr Lied:
Sie kann nicht ruhn, nicht schweigen;
Denn seht, ihr Bäumchen blüht.

Du liebe Leyer, töne!
Wenn deine Saite hebt,
Ist wieder eine Schöne
Auf meinem Beet belebt.

O laß uns zwiefach leben
Mit zauberischer Macht
Dem süssen Veilchen geben,
Das dort im Schatten lacht.

45) Trost für mancherley Thränen.

Warum sind der Thränen —
Unterm Mond so viel?
Und so manches Sehnen,
Das nicht laut seyn will?

Nicht doch, lieben Brüder!
Ist das unser Muth?
Schlagt den Kummer nieder!
Es wird alles gut!

Aufgeschaut mit Freuden,
Himmel auf, zum Herrn!
Seiner Kinder Leiden
Sieht er gar nicht gern.

Er

Er will gern erfreuen,
Und erfreut so sehr;
Seine Hände streuen
Segens gnug umher.

Nur dies schwach Gemüthe
Trägt nicht jedes Glük,
Stößt die reine Güte
Selbst von sich zurük.

Wie's nun ist auf Erden,
Also sollt's nicht seyn,
Laßt uns besser werden;
Gleich wird's besser seyn.

Der ist bis zum Grabe
Wohlberathen hie,
Welchem Gott die Gabe
Des Vertraun's verlieh.

Dem macht das Getümmel
Dieser Welt nicht heiß,

Wer getrost zum Himmel
Aufzuschauen weiß.

Sind wir nicht vom Schlummer
Immer noch erwacht?
Leben und sein Kummer
Daur't nur eine Nacht!

Diese Nacht entfliehet,
Und der Tag bricht an,
Eh man sich's versiehet —
Dann ist's wohlgethan.

Wer nur diesem Tage
Ruhig harren will,
Kömmt mit seiner Plage,
Ganz gewiß ans Ziel.

Endlich ist's errungen,
Endlich sind wir da!
Droben wird gesungen
Ein Victoria!

Innhalt.